산골 아이

어르신 이야기책 _203 중간글

산골 아이

초판 1쇄 발행일 2018년 3월 9일

지은이 황순원
그린이 낙송재
펴낸이 이원중

펴낸곳 지성사 출판등록일 1993년 12월 9일 등록번호 제10-916호
주소 (03408) 서울시 은평구 진흥로1길 4(역촌동 42-13) 2층
전화 (02) 335-5494 팩스 (02) 335-5496
홈페이지 지성사.한국 | www.jisungsa.co.kr 이메일 jisungsa@hanmail.net

ISBN 978-89-7889-363-3 (04810)
978-89-7889-349-7 (세트)

잘못된 책은 바꾸어 드립니다. 책값은 뒤표지에 있습니다.

이 도서의 국립중앙도서관 출판예정도서목록(CIP)은 서지정보유통지원시스템 홈페이지 (http://seoji.nl.go.kr)와 국가자료공동목록시스템(http://www.nl.go.kr/kolisnet)에서 이용하실 수 있습니다. (CIP제어번호: CIP2018006004)

어르신 이야기책 _203 중간글

산골 아이

황순원 글 · 낙송재 그림

지성사

도토리

곰이란 놈은 가으내 도토리를 잔뜩 주워 먹고 나무에 올라가 떨어져 보아서 아프지 않아야 제 굴을 찾아 들어가 발바닥을 핥으며 한겨울을 난다고 하지만, 가난한 산골 사람들도 도토리밥으로 연명을 해가면서 일간 가득히 볏짚을 흐트러뜨려놓고는, 새끼를 꼰다, 짚세기를 삼는다, 섬피를 엮는다 하며 한겨울을 난다.

산골 사람들이 어쩌다 기껏 즐긴대야 정말 곰만이 다니는 산골길을 넘어서 주막을 찾아 가는 일이다. 안주는 도토리묵이면 그만이다.

그러다 눈 같은 것이라도 만나면 거기서 며칠이고 묵는 수밖에 없다. 옷을 입은 채 뒹굴면서.

그러노라면 안주로 주머니 속에 넣고 온 마늘이 체온에 파랗게 움이 트기도 한다.

그러다가도 집으로 돌아오는 길은 아직 숫눈길이어서

곰의 발자국 같은 발자국을 내면서 돌아온다.

진정 이런 가난한 산골에서는 눈이 내린 날 밤 도토리를 실에다 꿰어 눈 속에 묻었다 먹는 게 애의 큰 군음식이었다. 그리고 실꿰미에서 한 알 두 알 빼먹으며 할머니한테서 듣고도 남은 옛이야기를 다시 되풀이 듣는 게 상재미다.

"할만, 넷말 한마디 하려마."

하고 조를라치면 할머니는 으레,

"애, 이젠 그만 자라, 너무 오래 앉아 있다가 포대기에 오줌 쌀라."
한다.

"싫어, 넷말 한마디 해주야디 뭐."

"넷말 너무 질레하믄 궁하단다."

"싫어. 그 여우 넷말 한마디 해주야디 뭐."

그러면 할머니는 그 몇 번이고 한 옛이야기를 되풀이하는 게 싫지 않은 듯이 겯고 있는 실꾸리를 들여다보면서,

"왜 여우고개라구 있디 않니?"

하고 이야기를 꺼낸다.

그러면 또 애는 언제나같이,

"응 있어."
하고 턱을 치켜들고 다가앉는다.

"거긴 말이야, 넷날부터 여우가 많아서 여우고개라구 한단다. 바루 이 여우고개 너믄 마을에 한 총각애가 살았구나. 이 총각애가 이 여우고개 너머 서당엘 다녔는데 아주 총명해서 글두 썩 잘하는 애구나.

그른데 하루는 이 총각애가 전터럼 여우고갤 넘는데, 데쪽에서 꽃 같은 색시가 하나 나오드니 총각애의 귀를 잡구 입을 맞췄구나.

그러드니, 꽃 같은 색시가 제 입에 물었던 알록달록한 고운 구슬알을 총각애 입에다 넣어주었닥 총각애 입에서 도루 제 입으루 옮게 물었닥 했구나.

총각애는 색시가 너무나 고운데 그만 홀레서 색시가 하는 대루만 했구나.
이르케 구슬알 옮게 물리길 열두 번이나 하드니야 꽃 같은 색시가 아무 말 없이 아까 온 데루 가버렜구나.

저낙(저녁)때 서당에서 집으루 돌아올 때두 꽃 같은 색시는 아츰터럼 나와 총각애 입을 맞추구 구슬알 옮게 물리길 열두 번 하드니야 아츰터럼 온 데루 가버렜구나.

이르케 날마다 총각애가 서당에 가구 올 적마다
꽃 같은 색시가 나와 입 맞췄구나. 그른데 날이 갈수룩
총각앤 몸이 축해가구, 글공부두 못 해만 갔구나.

그래 하루는 훈당이 총각애보구 왜 요샌 글두
잘 못 외구 얼굴이 상해만 가느냐구 물었구나.

그랬드니 총각앤 그저 요새 집에서 농사일루 분주해서
저낙에 소 멕이구 꼴 베구 하느라구 그렇디, 몸만은
아무데두 아픈 데가 없다구 그랬구나.

그래두 총각앤 나날이 더 얼굴이 못 돼만 갔구나. 그래
어느날 훈당이 몰래 총각애의 뒤를 쫓아가봤구나……."

여기서 할머니는 엉킨 실을 입으로 뜯고 손끝으로 고르느라고 이야기를 끊는다.

애는 이내,

“그래서? 응?”

하고 재촉이다.

“그래 숨어서 꽃 같은 색시가 총각애 입에다 입맞추구 구슬알을 열두 번씩이나 물레주는 걸 봤구나.

그래 다음날 훈당은 총각앨 불러서 꽃 같은 색시가 구슬알을 물레주거들랑 그저 꿀꺽 생케버리라구 닐렀구나.

그리구 만일 구슬알을 생키디 않구 꽂 같은 색시가 하라는 대루만 하다간 이제 죽구 만다구 그랬구나.

이 말을 듣구 총각앤 훈당이 하라는 대루 하갔다구 했구나. 그른데 그날두 훈당이 몰래 뒤따라가봤드니 총각앤 구슬알을 못 생켔구나.”

여기서 이야기 듣던 애는 또,

“생켔으믄 돟을걸잉?”
한다.

“그럼. 그래 총각앤 자꾸만 말 못 하게 축해갔구나.
그래 훈당이 보다 못해 오늘 구슬 알을 생키디 않으믄
정 죽구 만다구 했구나.

그리구 꽃 같은 색시가 구슬알을 물레주거들랑 그저
눈을 딱 감구 생케버리라구까지 닐러주었구나.

그날두 총각애가 여우고개 마루턱에 니르니낀,
이건 또 나날이 고와만 가는 꽃 같은 색시가
언제나터럼 나오드니, 총각애의 귀를 잡구 입을 맞추구
구슬알을 물레주었구나.

총각앤 정말 눈을 딱 감으믄서 구슬알을 생케버렜구나.
그랬드니 지금껏 꽃같이 곱든 색시가 벨안간
큰 여우루 벤해개지구 그 자리에 죽어넘어뎄구나.

총각애가 눈을 떠보니낀 눈앞의 꽃 같은 색시는
간데없구 큰 여우 한 마리가 꼬리를 내버티구
죽어 넘어데 있디 않갔니?

그만 너무 무서워서 그 자리에 까무러티구 말았구나.
그날두 훈당이 몰래 뒤따라갔다가 총각앨 업구
왔구나."

예서 애는 또 언제나처럼,

“그래 그 총각앤 어떻게 됐나?”
한다.

할머니는 정한 말로,

“사흘만 더 있었으믄 죽구 말걸 훈당 때문에 살았디.
그래 그뒤부턴 훈당 말 잘 듣구 공부 잘해가지구
과거 급데했대더라.”

“그리구 여우 새낀?”

“거야 가죽을 벳게서 돈 많이 받구 팔았디.”

“지금두 여우가 고운 색시 되나?”

“다 넷말이라서 그렇단다.”

여기서 애는 나무하러 가는 아버지를 따라가 내려다본 아슬아슬한 여우고개의 가파른 낭떠러지를 눈앞에 떠올리며, 사실 그런 곳에서는 지금도 여우한테 홀릴는지 모른다는 생각을 해본다.

할머니가 그냥 실꾸리를 겯으며,

"이젠 자라 애."

한다.

그제야 이 가난한 산골 애는 도토리 꿰미를 들고 이불 속 깊이 들어간다. 곰 새끼처럼.

거기서 애는 이불을 쓰고, 자기만은 그런 옛말을 다 알고 있으니까 어떤 꽃 같은 색시가 나와도 홀리지 않으리라는 생각을, 도토리를 먹으며 하다가, 그만 잠이 든다.

그런데 꿈속에서 애는 꽃 같은 색시가 물려주는 구슬을 삼키지 못한다. 살펴보니 아슬아슬한 여우고개 낭떠러지 위다.
그러니까 꽃 같은 색시는 여우가 분명하다.

할머니가 그건 다 옛이야기가 돼서 그렇다고 했지만 이게 분명히 여우임이 틀림없다. 그래 구슬알을 아무리 삼켜버리려 해도 안 넘어간다. 이러다가는 여우한테 홀리겠다.

그러면서도 색시가 너무 고운데 그만 홀려 하라는 대로만 하지 구슬을 못 삼킨다.
이러다가는 정말 큰일나겠다.

어떻게 하면 좋은가. 옳지, 눈을 딱 감고 삼켜보자.
눈을 딱 감는데 발밑이 무너져 낭떠러지 위에서
떨어지면서 깜짝 잠이 깬다.
입에 도토리알을 물고 있었다. 애는 무서운 꿈이나
뱉어버리듯이 도토리알을 뱉어버린다.

그러나 다음날 아침이면 이 가난한 산골 애는
다시 도토리를 먹는다.

크는 아이

눈이 오련다. 꼭 오늘밤 안으로 첫눈이 올 것만 같다. 이제 바람만 자면 곧 눈이 내리리라. 정말 함박눈이 펑펑 쏟아졌으면 좋겠다.

산골 아이는 화로에서 도토리를 새로 꺼내면서, 이제 눈이 내려 눈 속에 도토리를 묻었다 먹으면 덜 아리고 덜 떫으리라는 생각을 한다.

그러자 아이는 지난해 눈싸움을 하다가 증손이한테 면상을 맞고 운 부끄러움이 생각난다.

아찔하여 얼굴을 돌린 것까지는 괜찮았으나 발아래
흰 눈을 붉게 물들이는 게 제 코피인 것을 알자 그만
으아 하고 울어버린 게 안됐다.

올해는 아무리 면상을 맞아 코피를 흘린대도
울지 않으리라. 아니 올해는 이편에서 증손이를 맞혀
울려주리라. 어서 눈이 왔으면 좋겠다.

그새 바람이 좀 잔 듯하다. 혹 그새 눈이 내리기
시작했는지도 모른다고 아이는 문을 열어본다.
그러자 잔 듯하던 바깥 어둠 속에서 기다리고나
있었던 것처럼 된바람이 몰려든다.

"문은 뭘 할라구 벌꺽하믄 여니?"

하고 어머니가 꾸짖듯 말하고 다림질감에 떨어진 재를 훅훅 불어낸다.

아이는 문을 닫으면서 혼잣말로,

"아직 눈은 안 오눈."

한다.

"개처럼 눈 오는 건 뭘."

어머니의 말에, 다림질을 잡아주던 귀가 어두운 할머니가 눈이라는 말만은 알아들은 듯,

“눈 오니?”

하고 흐린 눈으로 문 쪽을 바라본다.

“아니.”

하고 아이는 할머니가 알아듣도록 크게 대답한다.

“너이 아바진 왜 상게 안 오니, 또 당에서 술추렴을 하는게디.”

하는 할머니의 역정 섞인 걱정에, 아이는 참말 눈이 내리기 전에 아버지가 돌아와야 할 걸 느낀다.

참 아버지는 여태 왜 안 돌아오는지 모르겠다.
몇 죽 안 되는 짚세기를 여태 못 팔 리는 없다.
혹 장꾼에게 한 켤레 한 켤레 못 팔겠으면
그 큰 돼지를 그려 붙인 돼지표집에다
좀 싸게라도 밀어 맡기고 오면 그만일 터인데.

할머니 말대로 장거리에서 누구를 만나 술추렴을
하느라고 늦어지는가 보다.

그러지 않아도 겨울만 되면 허리가 결리는 아버지가
오늘 같은 날 늦어지면 어쩌나.
벌써 몇 해 전 겨울 일이다.

타작마당에서 여느 때처럼 조 한 섬을 쉽게 져

달구지에 올려놓다가 그만 발밑 얼음판에 미끄러져

조섬에 깔린 일이 있은 후부터 겨울철만 접어들면

허리증이 도지곤 하는 아버지.

그리고 또 해마다 술이 늘어가는 아버지.

좌우간 여느 때는 아무렇더라도 오늘같이 눈이

온다든지 할 날은 일찍 돌아와줬으면 좋겠다.

밖은 아직 이따금 바람이 휘익 몰려와 수수깡 바자(엮거나 결어서 만든 울타리)를 울린다.

"얘, 등잔 심지 좀 돋과라, 어둡다."

하고 할머니가 흐린 눈을 들어 등잔불을 바라본다.

아이는 북어 알에선가 북어 이리에서 짜낸다는 애기름이 떨어져 못 먹은 뒤로 할머니의 눈은 더 어두워져서 그렇지, 등잔 심지가 낮아 그렇지 않다고 생각하면서도 등잔 가로 가 심지를 조금 돋우는 체한다.

그래도 한결 밝아진다. 그리고 밝으니까 한결 아버지에 대한 걱정이 놓이는 것 같아 좋다.

"애, 심질 좀 더 돋과라."

하고 할머니가 이번에는 다림질감만 들여다보며 말한다.

아이는 또 이번에는 심지를 한껏 돋운다.

“얘, 웬 심질 그르케 돋구니?”

하고 어머니가 꾸짖는다.

아이는 등잔의 심지를 낮춘다.

“너이 아바진 정말 왜 상게 안 오는디 모르갔다.”

하는 할머니 말에 이어서 어머니가 아이 쪽을 한 번 돌아보며,

"넌 또 웬 도토릴 그르케 먹니, 어서 자기나 해라."

한다.

가난한 산골 아이는 화로에서 도토리를 골라내며

검게 그을린 얼굴을 붉혀가지고 이불 속으로 들어간다.

그러나 아버지가 돌아오기까지 자지 않으리라.

그러는 아이는 왜 아직 아버지가 안 돌아오는지

모르겠다는 할머니도, 언제든지 할머니 앞에서는

아버지의 말을 하지 않는 어머니도, 자기처럼은

아버지 걱정을 않는 것 같아 못마땅하다.

도토리 맛도 별로 없다. 등잔불이 아까보다 더 어두운 것 같은 데에 또 마음이 쓰인다. 이렇게 등잔불이 어둡고, 또 이렇게 따스운 이불 속에서는 잠이 쉬 들 것 같아 안됐다.

아이는 어머니보다도 할머니에게 묻듯이,

"해 있어 당에서 떠났으믄 지금 어디쯤 왔을까?"

했으나 할머니는 못 들은 듯 잡은 다림질감만 들여다본다.

다시 더 큰 소리로 물을까 하는데 할머니가,

"산막골에나 왔을까."

한다.

산막골이라면 아직 여기서 한 오 리 가까이 된다.

"너이 아바진 해 있어 댕기디 앓구 원."

하고 할머니가 역시 역정 섞인 걱정을 한다.

산막골이라는 데가 예서 장까지 가는 사이 제일 험한 곳이다. 늘 범이 떠나지 않는다는 소나무와 잡목이 우거진 골짜기. 아이는 한동네 반수 할아버지의 일이 떠오른다.

반수 할아버지가 젊었을 때인데, 양주가 산막골 근처에 밭김을 매러 갔다. 단 양주에 갓난아기 하나뿐이라, 애는 밭둑에 재워놓고 김을 매나갔다.

낮이 가까웠을 때 애가 배가 고픈지 깨어 울어댔다.

양주는 이제 매던 이랑이나 마저 매고 점심도 먹을 겸

애 젖도 먹이리라 하고 바삐 손을 놀렸다.

한데 갑자기 애 울음소리가 뚝 그치기에 돌아다보니

난데없는 큰 호랑이 한 마리가 자기네의 애를 물고

산막골로 올라가는 것이 아닌가.

이것을 본 반수 할아버지는 눈이 뒤집혀 쥐고 있던

호미 하나만을 들고 아내가 붙들 새도 없이

호랑이의 뒤를 쫓아 올라갔다.

반수 할아버지가 호랑이를 쫓아 굴을 찾아 들어갔을 때에는 마침 호랑이는 어린애를 앞발로 어르고 있었다. 그렇게 얼러 사람의 혼을 뽑고야 잡아먹는다는 말대로.

이것을 본 반수 할아버지는 다가들어가면서 호랑이의 잔허리를 끌어안았다. 여기에 놀란 호랑이가 그만 으엉 소리와 함께 빠져 달아나면서 똥을 갈겼다.

이것이 혼똥인 것이다. 이 혼이 나 갈긴 뜨거운 혼똥이 마침 엎어진 반수 할아버지 머리에 철썩 떨어졌다.

반수 할아버지 마누라의 말을 듣고 동네 사람들이 모두 쟁기를 하나씩 들고 고함을 치면서 굴까지 달려갔을 때에는 반수 할아버지가 애를 안고 굴에서 나오는 때였다.

애도 아무 일 없고 반수 할아버지도 아무 일 없었다. 그저 반수 할아버지의 머리만이 호랑이의 뜨거운 혼똥에 익어 껍질이 벗겨졌을 뿐이었다.

지금도 반수 할아버지는 머리에 완전히 머리털 한 오라기 없는 대머리로 동네에서 제일 나이가 으뜸되도록 살아 있다. 그때의 애도 지금은 영감이 되어 손자를 둘이나 보았고.

아버지는 아직 안 돌아온다. 정말 산막골을 무사히 지나쳤으면 좋겠다. 아버지가 돌아오기까지 자지 않으리라.

어머니가 문을 열고 다리미를 밖으로 내대고 재를 까분다. 재가 날아나는 어둠 속에 희끗희끗 날리는 것이 보였다.

눈이었다. 어느새 정말 첫눈이 내리는 것이다.
아이는 어서 아버지가 눈을 털며 들어서기만 해줬으면 눈이 오니 얼마나 좋을까 한다.

아버지는 지금 눈을 맞으면서 돌아오리라. 끝없이 내리는 눈. 아이는 눈을 감으면 함박눈으로 쏟아지는 눈 때문에 아버지가 어디 있는지 분명치가 않다. 졸립다. 자서는 안 된다.

눈발 속에 분명치가 않은 아버지를 찾다가, 아버지가 눈발 속에 가려지고 말면서, 아이는 종내 잠이 들고 만다.

아이는 눈발 속이 아닌 우거진 소나무와 잡목 새에 아버지를 자꾸만 잃는다. 아버지 따라 장에 갔다 돌아오는 길이다. 아버지는 장에서 마신 술 때문에 비틀걸음이다.

명태 한 쾌를 빈 자루에 넣어 멘 아버지의 등이 무던히도 굽었다. 허리증이 더한가 보다. 아이는 천천히 걷는 자기도 못 따라오는 아버지를 잃지 않으려고 자꾸 돌아본다.

한 번 돌아다보니까 아버지가 없다. 아무리 소나무와 잡목 새를 자세히 살펴봐도 없다. 그러는데 저기 산골짜기로 백호 한 마리가 자기 아버지를 물고 올라가는 것이 아닌가.

아이는 눈이 뒤집힌다. 그리고 백호의 뒤를 따라 올라간다. 반수 할아버지는 호미라도 쥐었지만 자기는 맨손으로.

그렇지만 내 저놈의 호랑이를 잡아 메치고
아버지를 빼앗고야 말리라.

산막골에 우거졌던 소나무와 잡목이 어느새 그만
눈발이 돼버린다.

그리고 백호란 놈이 앞서 눈발 속에 보이지 않는다.
그러면 발자국을 찾아가리라.

작년 겨울 동네 돼지 새끼 물어갔을 때 내고 간
발자국을 보아 아이는 호랑이 발자국을 잘 안다.
한데 난데없는 눈덩이가 날아와 면상을 맞힌다.
증손이다.

붉은 코피가 이번에도 흰 눈에 떨어진다. 눈물이 난다.
그러나 울어서는 못쓴다.

그냥 호랑이의 발자국을 찾아 올라가니까, 굴이다.
굴속에서는 정말 호랑이가 앞발로 아버지를 어르고
있다.

아이는 전에 반수 할아버지가 한 듯이 다가들어가면서
백호의 잔허리를 끌어안는다.

그랬더니, 이놈의 백호가 또 혼이나 혼똥을 갈긴다.
꼭 머리에 떨어진다. 뜨겁다.

아무러면 내가 널 놔줄 줄 아니? 네 허리 동강이를 끊어버리고야 말겠다. 그냥 호랑이의 허리를 죄어 안는다. 백호는 죽겠다고 으르렁으엉 으르렁으엉 운다.

속히 동네 사람들이 올라와 백호 잡은 걸 봐줬으면 좋겠다.

백호는 그냥 운다. 한 번 더 안은 팔을 죄니까 백호의 허리가 뚝 끊어진다. 깜짝 깬다.

막 깜깜이다. 어느새 돌아와 누웠는지 아이의 옆에는 아버지가 잠들어, 그르렁후우 그르렁후우 코를 골고 있다.

아, 마음이 놓인다. 이젠 아주 자야지. 그러는데
불현듯 무섬증이 난다.
아버지의 코고는 소리가 꿈속의 호랑이 울음처럼
무섭다. 아버지의 코고는 소리 새새
바깥 수수깡 바자의 눈이 부스러져
떨어지는 소리가 다 무섭다.

이불을 땀에 젖은 머리 위까지 쓴다.
요에서 굴러 떨어지는 도토리까지 무섭다.
이제는 어서 잠이 들었으면 좋겠다.